KB084023

유리와
철의 계절

SEASONS OF GLASS AND IRON

유리와
철의 계절

아말 엘모타르 소설

이수현 옮김 — 김유 그림

창비

차 례

유리와 철의 계절

태비사는 걸으면서 구두를 생각한다.

구두에 대해 생각한 지도 아주 오래됐다. 정확하게는 세 켤레 반이 닳는 동안이지만, 무쇠 구두로 시간을 계산하기는 어렵다. 그보다는 몇 켤레 남았는지 헤아리는 쪽이 쉽다. 출발할 때 일곱 켤레였던 구두는 이제 세 켤레가 남아, 등에 짊어진 배낭에 단단히 묶인 채로 무게를 더하고 있다. 계절이 가만히 있지 않고 풍경과 함께 스쳐 지나가다 보니 확실치는 않지만, 대충은 일 년 걸으면 구두 밑창이 하나 닳는 것 같다. 언제나 다음 구두를 신으면서부터 걸음 수를 헤아리자고 다짐하지만, 쉽게 정신이 다른 데 팔린다.

태비사가 구두에 대해 생각하는 건, 그러지 않고는 앞으로 나아갈 수가 없기 때문이다. 이 구두는 철끈에 베인 상처, 쓸린 자국, 멍, 물집, 그리고 고통을 연료로 삼아 강 위를 걷고 산맥을 넘고 벼랑 사이 허공을 뛰어넘을 수 있다. 앞으로 나아가지 않으면 구두가 영영 닳지 않을 것이다. 구두는 닳아 없어져야 한다.

새 구두끈을 맬 때는 언제나 힘들다.

세 켤레 전에 태비사는 소나무 숲을 지났는데, 그 청량한 초록색 향기가 마음속의 무언가를 깨웠다. 마비감과 숫자에서 벗어난 뭔가를. 찌르는 햇빛을 받으며 몸을 떨고 두 팔은 모피 망토에 밀어넣으면서도 발가락을 가을 흙 속으로 뻗고는 잠시

나마 자유와 비슷한 감각을 느끼고 울었다. 하지만 이내 추위와 함께 숫자가 기어 들어왔다. 한 켤레 끝났고, 아직 여섯 켤레 남았어. 그런 생각이 들며 살아 있는 동안 무쇠 구두를 닳아 없애는 게 가능하긴 하구나 하고 느낀 안도감을 갉아먹었다.

두 켤레 전에는 호수 한가운데에서, 깊고 푸른 물 위를 성큼성큼 걷다가 마지막 밑창이 떨어졌다. 태비사는 그대로 수면 아래로 떨어져 허우적거리면서 구두끈을 풀고 더듬더듬 배낭에 달린 구두를 떼어 냈고, 물속으로 가라앉으면서 구두에 발을 쑤셔 넣다가 발가락이 하나 부러지고 말았다. 그래도 구두를 신고 나자 다시 수면 위로 올라가서 절뚝거리며 반대편 호숫가로 걸어갈 수 있었다.

한 켤레 전에는 바닷가에 있었다. 소금에 발을 적시고 별들을 올려다보며, 물에 빠져 죽으면 아플

까 생각했다.

오빠들이 신었던 신발들을 기억한다. 한 걸음에 십 리를 가는 부드러운 가죽 부츠, 날개 달린 샌들, 신은 이를 보이지 않게 만드는 새틴 슬리퍼. 오빠들은 발걸음이 가벼워지고 세상을 작게 줄여서 탐험하고 발견하기 쉽게 해 주는 신발을 신었다니, 얼마나 이상한 일인지.

태비사는 생각한다. 어쩌면 이상한 일이 아닐지도 몰라. 신발이 왜 신은 사람의 여행을 도와주면 안 돼? 어쩌면 이상한 쪽은 여자들 신으라고 만든 신발인지도 몰라. 유리 구두, 종이 신발, 발갛게 달아오른 무쇠 구두, 죽을 때까지 춤을 춰야 하는 신발까지.

이상하기도 하지. 태비사는 그렇게 생각하고, 다시 걸음을 옮긴다.

아미라는 꼼짝 않기 기술이 아주 뛰어나다.

아미라는 높은 유리 언덕 꼭대기에 앉아 있다. 정상은 왕좌 비슷한 모양인데, 두껍고 매끄러운 유리로 만들어져 아미라가 움직이지만 않으면 완벽하게 몸에 맞는다. 마법이 아미라를 졸라매어 가만히 왕좌에 뿌리내리도록 한다. 아미라는 여기에서 폭풍을 몇 차례나 맞았다. 매끈매끈한 손가락을 지닌 빗발이 유리와 드레스, 머리카락과 피부 사이로 반짝이며 아미라를 이쪽저쪽으로 움직여 보려 했지만…… 아미라는 황금 사과를 무릎에 올려 둔 채 꼿꼿하게 앉아서 버텼다.

가끔 배가 고프긴 하지만, 마법이 해결해 준다. 피곤할 때면 마법이 잠을 북돋는다. 낮이면 아미라의 갈색 피부가 타지 않게 하고, 밤이면 비단신을 신은 발이 얼지 않게 한다. 가만히 있기만 하면, 아

미라가 유리 언덕 정상의 유리 의자에 앉아 있기만
하면 그렇게 된다.

높은 곳에서는 많은 것을 볼 수 있다. 자기 땅에
서 농사를 짓는 농부들. 마을에서 마을로 걸어가는
여행자들. 가끔 나타나는 강도질이나 살인. 산 아
래로 내려가서 사람들에게 해 주고 싶은 말이 많
다. 구혼자들만 아니라면.

유리 언덕 아래에서는 아미라를 열렬히 사랑한
다고 주장하는 기사와 왕자와 양치기 청년 들이 모
여서 떠들썩하게 소란을 떤다. 그들은 아미라를 만
나기 위해 군마를 타고 유리 언덕을 달려 오를 때
마다 서로에게 격려의 말을 외치고, 차례차례 파도
처럼 부서진다.

언덕을 미끄러져 내려갈 때면 말들은 거품을 물
고 다리가 비틀리거나 부서지고, 청년들은 비명을

지르며 아미라를 저주한다. 잡년, 마녀, 저년은 우리에게 무슨 짓을 하는지 알지도 못하나, 유리 언덕 위의 유리 창녀, 내일은 손에 넣을 테다, 내일은, 내일은.

아미라는 황금 사과를 단단히 손에 쥔다. 낮이면 아미라는 새들에게 마음을 돌린다. 머리 위로 날아가는 온갖 기러기, 갈매기와 칼새와 제비, 종달새 들. 백조들에게 쐐기풀로 짠 옷을 던져 입히는 옛날이야기를 떠올리고, 혹시 손을 뻗어 깃털을 뽑으면 날개를 얻을 수 있을까 생각한다.

밤이면 아미라는 별들을 이어 모양을 만들면서 익숙한 별자리를 다른 모습으로 상상한다. 큰 국자가 실은 낫이라거나, 곰이라면 어떨까? 새들도 별들도 사라지면 아미라는 이 상황을 스스로 선택했다는 사실을 떠올린다.

초록색 풀잎에 반사된 칼날 같은 빛줄기가 태비사의 눈을 찌른다. 미처 눈을 돌리기 전에 유리 언덕이 보인다. 막 숲을 나서고 있을 때다. 심술궂게도 아침 해는 온기도 없이 찬란하다. 서리 내린 풀잎이 무쇠 구두에 밟혀 바삭거리고 구두끈 사이로 드러난 피부에 닿아 차가운 안도감을 주며 녹아내린다.

태비사는 숲 가장자리에 앉아서 빛의 변화를 지켜본다.

언덕 아래에 남자들이 있다. 남자들이 내지르는 소리가 파도처럼 단조롭게 울려 퍼진다. 태비사는 남자들이 말에 피가 나도록 박차를 가하는 모습을 보며 생각한다. 남자들이 저렇게 멍청하게 행동하도록 만들다니, 저 언덕에 강력한 마법이 있구나. 저렇게 많은 철제 발굽을 견뎌 내다니 저 언덕에 강력한 마법이 걸려 있어.

태비사는 발을 내려다보았다가, 언덕을 올려다본다. 태비사는 자신의 고통을 정도가 아닌 숫자로 셈한다. 고통이 6이라면 추워서 파랗게 얼었기 때문이다. 7은 벌겋게 염증이 잡히고 피가 난다는 뜻. 고통이 3이라면 누르스름한 느낌으로, 무지근하게 아프고 아마도 고름이 흐르는 상태다.

현재의 고통은 5로, 초록색과 갈색이고, 튼튼하고 안정적이며, 오르막을 감당할 만하다.

태비사는 해가 저물기를 기다려 공터를 가로지른다.

아미라는 해가 지면서 안개가 피어오르는 모습을 지켜본다. 모든 것이 어슴푸레해지는 모습을 보니 가슴이 설렌다. 크고 서늘한 고요가 모든 것을 뒤덮고, 물 내음에는 아무런 악취도, 피나 땀 냄새도 섞여 있지 않다. 세상이 그렇게 사라지고, 정말로 조용하고 차분해지는 모습을 보니 좋다.

언덕 아래, 안개 속 어딘가에서 긁는 소리가 들리자 심장이 쿵 내려앉는다. 무엇인가를 갈고 문지르는 듯한 소음, 그 소리가 이어질수록 아미라의 신경은 불안해진다. 누군가가 유리 언덕을 오르고 있는데 그래서는 안 되기 때문이다. 아무도 아미라에게 닿을 수 없어야 하는데, 하지만 마법은 마법이고 언제나 더 강한 마법이 있기 마련이다……. 처음에 아미라는 언덕을 오르는 이가 곰이라고 생각한다. 그러다가 다시 보니 모피 두건이었고, 두건 아래 하얗고 섬세한 턱이 언뜻 보인다. 언덕을 힘겹게 오르면서 이를 가느라 커다란 입이 비틀려

있다.

아미라가 어쩔 줄 모르고 바라보는 사이 두건을 쓰고 말은 타지 않은 낯선 사람이 정상에 도착해 멈춰 서고는, 허리를 굽히고 헉헉거리면서 따뜻한 모피를 벗는다. 아미라는 여자를 보고, 여자도 아미라를 본다. 그 여자를 보니 깃털과 칼이 떠오르는데, 아주, 아주 배가 고파 보인다.

아미라는 말없이 황금 사과를 내민다.

태비사는 앞에 보이는 여자가 조각상이라고, 반짝이는 장식품이라고, 우상이라고 생각했다가 팔을 움직이는 모습을 보고 사람임을 깨닫는다. 마음 한구석에서는 유리 언덕 위에 앉은 마법의 여자가 건네는 음식을 받지 말아야 한다고 생각하지만, 몇 주 만에 느끼는 엄청난 굶주림 앞에 경계심도 쪼그라든다. 무쇠 구두를 신고 걷다 보면, 기력이 다 해서 한 걸음 한 걸음을 옮기기가 힘들어질 지경이 될 때까지는 배고픔을 잊고 지내는 편이다.

사과는 먹을 수 있는 것처럼 생기지 않았지만, 한 입 깨물자 껍질이 구운 설탕처럼 부서지고 과육에서는 투명하고 달콤한 과즙이 흐른다. 태비사는 속심까지 남김없이 먹고 나서야 왕좌에 앉은 여자를 다시 보고 "고마워요."라고 말한다. 그럴 기분도 의도도 아니었건만, 통

멍스럽게 들린다.

"내 이름은 아미라예요."

태비사는 여자가 말할 때 어떻게 몸의 다른 부분은 하나도 움직이지 않는지, 입을 얼마나 정확하게 작동시키는지에 경탄한다.

"나와 결혼하러 왔나요?"

태비사는 멍하니 여자를 본다. 그리고 배 속에든 황금 사과까지 지울 기세로 턱에 묻은 과즙을 닦아 낸다.

"그래야 해요?"

아미라는 눈을 껌벅인다.

"아뇨. 다만…… 사람들이 언덕을 오르는 이유가 그거라서요."

"아. 아니에요, 난 그냥……."

태비사는 살짝 당황해서 기침을 한다.

"난 그냥 지나가는 사람이에요."

잠시 침묵이 흐른다.

"안개가 짙어서 길을 잃는 바람에⋯⋯."

"그러니까 유리 언덕을⋯⋯ 어쩌다 보니, 올랐다는 건가요?"

아미라의 목소리는 아주 조용하다. 그리고 평탄하다.

태비사는 셔츠 단을 만지작거린다.

"흠."

아미라가 말한다.

"만나서 반가워요, 그⋯⋯."

"태비사예요."

"그래요. 만나서 정말 반가워요, 태비사."

다시 침묵. 태비사는 아랫입술을 씹으면서 언덕 아래 어둠을 내려다본다. 그러다가 조용히 묻는다.

"왜 이 위에 있어요?"

아미라는 차분하게 태비사를 본다.

"어쩌다 보니요."

태비사는 코웃음을 웃는다.

"그렇군요. 좋아요. 자, 봐요."

태비사는 철 끈으로 구두를 고정시킨 발을 가리킨다.

"난 구두를 닳아 없애야 해요. 마법 구두거든요. 아무래도 구두가 밟는 면이 특이해야, 그러니까 평소 걷는 곳보다 단단해야 밑창이 빨리 닳는다는 생각이 들었어요. 그러니까 여기 당신의 마법 언덕이……."

아미라가 고개를 끄덕인다. 아니, 태비사에게는 그렇게 보인다. 어쩌면 눈을 길게 깜박여서 머리를 움직인다는 인상을 준 것인지도 모른다.

"……이 언덕이 딱 그런 곳 같았어요. 하지만 정상에 누가 있을 줄은 몰랐어요. 밑에 있는 남자들이 떠나길 기다렸죠. 고약한 사람들 같아서……."

아미라가 몸을 떨지는 않지만, 꼼짝 않는 느낌이 더 심해진다. 태비사는 배 속에서 둔하게 경보가 울리는 듯한 느낌을 받는다.

"그자들은 밤이 추워지면 떠나요. 얼마든지 머물면서 구두를 유리에 문질러도 좋아요."

아미라가 대단히 예의를 갖춘 말투로 말한다.

태비사는 고개를 끄덕이고 남기로 한다. 정확하게 잰 음악 같은 아미라의 말 속에서 '제발' 부탁한다는 마음의 소리를 들었기 때문이다.

아미라는, 반쪽짜리 왕국을 가지려고 자기를 부수고 쪼개려 들지 않는 사람과 앉아서 이야기를 나누다니 꿈 같은 기분이다.

"저들이 여기에 올려놓은 거예요?"

태비사가 묻는다. 아미라를 탓하지 않고 오히려 상황에 분노하는 목소리를 들으니 기분이 이상하다.

아미라는 조용히 말한다.

"아니요. 내가 선택했어요."

그리고 태비사가 다른 질문을 하기 전에 묻는다.

"당신은 왜 무쇠 구두를 신고 걷나요?"

태비사가 입을 떼지만 말을 잇지 못하고, 아미라는 나오지 못한 말들이 태비사의 입 안에서 찌르레기 떼처럼 넘실대는 모습이 보인다. 아미라는 화제를 바꾸기로 한다.

　"기러기가 머리 위로 날아갈 때 나는 소리 들어
봤나요? 흔히 아는 끼룩끼룩 소리 말고, 날갯소리
요. 기러기 날갯소리 들어 봤어요?"

　태비사는 살짝 미소 짓는다.

　"강에서 날아오를 때는 천둥 같은 소리가 나죠."

　"네? 아."

　강을 본 적이 없는 아미라는 잠시 멈칫한다.

　"아니…… 머리 위로 날아갈 때는 전혀 달라요.
마치…… 난로 문이 열릴 때 나는 삐그덕 소리 같
아요. 귀에 거슬리진 않고, 기러기가 살과 깃털을

입은 기계처럼 느껴져요. 아름다운 소리예요. 끼룩
거릴 때는 낮게 웅웅거리는 느낌으로만 남지만, 기
러기들이 조용히 날 때는…… 마치 날개가 아니라
옷 같아요. 잘 들으면 꼭, 나도 날개옷을 입을 수 있
을 것만 같아요."

아미라는 기러기 이야기를 하면서 저도 모르게
눈을 감고 있었다. 눈을 떠 보니 태비사가 호기심
어린 얼굴로 집중해서 보고 있어, 그 시선에 잠시
갈피를 잃은 기분이다. 아미라는 다른 사람이 자기
말에 귀를 기울이는 데 익숙지 않다.

아미라는 손에 쥔 황금 사과를 돌리고 또 돌리
면서 부드럽게 말한다.

"운이 좋다면, 오늘 밤에 듣게 될 거예요. 딱 그
럴 때쯤이거든요."

태비사는 입을 벌렸다가, 딱 소리가 날 정도로 세게 닫는다. 태비사는 대체 여기에 얼마나 오래 앉아 있었기에 기러기가 언제 지나갈지 아느냐고 묻지 않는다. 그 황금 사과는 어디에서 온 거냐고, 내가 방금 먹지 않았냐고 묻지 않는다. 아미라가 왜 기러기 이야기를 꺼냈는지 알기에 고맙다. 구두 이야기를 하고 싶지 않기에.

"그 소리는 한 번도 못 들어 봤네요."

그래서 사과를 쳐다보지 않으려고 노력하며 천천히 말한다.

"하지만 강과 호수에 내려앉은 기러기 떼는 봤어요. 한 번에 수백 마리씩 모여서 우물가의 나이 든 아낙네들처럼 떠들어 대다가, 뭔가에 놀라면 화르륵 날아오르는데, 북소리랄까, 천둥소리랄까, 나뭇가지를 흔드는 태풍 같기도 해요. 어마어마한 소리죠. 열심히 귀 기울여야 들릴 소리라기보다는, 귀가 멀 것 같은……."

"그 소리도 들어 보고 싶네요."

아미라는 숲 쪽을 보며 속삭인다.

"보고 싶기도 하고요. 어떤 모습인가요?"

"빽빽하니, 시커먼 게……."

태비사는 말을 찾는다.

"꼭 강이 치마를 들고 날아오르는 것 같아요."

아미라가 미소 짓는다. 아미라에게 무언가를 줬다는 생각에 태비사는 가슴속에 온기가 피어오르는 느낌이 든다.

"사과 더 먹을래요?"

아미라가 태비사의 눈에 깃든 경계심을 알아차린다.

"계속 다시 나타나요. 나도 가끔 먹거든요. 어쩌면…… 혹시 누구든 언덕을 올라오는 사람에게 주는 상인가 생각도 했는데, 아무래도 남자에게 주기 전까지는 없어지지 않나 봐요."

태비사는 얼굴을 찌푸리지만, 아미라의 사과를 받아 든다. 태비사는 먹으면서도 다음 사과가 나타나는 순간을 포착하기 위해 아미라의 빈손을 보고 있다. 아미라는 태비사의 시선을 알아차리고, 웃음을 참는다. 아미라도 처음 오십 번쯤은 똑같이 마법의 빈틈을 찾으려고 했었다. 하지만 다른 사람이 사과를 기다리는 모습을 보니 신기한 기분이다.

마지막 한 입을 먹을 때쯤 태비사의 표정이 혼

란스럽게 흐트러진다. 마치 혓바닥에 머리카락이 걸렸거나, 익숙지 않은 냄새가 난다는 듯한 표정이다. 다음 순간 아미라의 손에는 계속 그 자리에 있었던 것처럼 사과가 다시 쥐어져 있다.

"마법은 작동하는 순간을 우리에게 보여 주지 않는 것 같아요."

태비사가 뚜렷하게 실망한 기색을 보이자 아미라는 미안하기까지 한 듯 말한다.

"하지만 내가 이 자리에 앉아 있는 한, 내 손에는 사과가 있어요."

"한 번만 더 시도해 보고 싶은데요."

태비사가 말하고, 아미라는 미소 짓는다.

먼저, 태비사는 기다린다. 아미라의 빈손을 보면서 초를 센다. 칠백 초가 지나자 아미라의 손안에 사과가 있다. 아미라는 그 사과를 응시하다가, 시선을 옮겨 태비사 손에 든 사과를 본다.

"이런 건…… 처음이네요. 사과는 한 번에 한 알만 있는 줄 알았어요."

이번에는 두 번째 사과를 가져와 베어 물고는, 아미라의 손을 지켜보면서 한 입 한 입 횟수를 센다. 일곱 입을 먹고 나자 아미라의 손에 다시 사과가 들려 있다. 아미라는 말없이 세 번째 사과를 건넨다.

태비사는 분초를 세고, 몇 입 먹었는지 세고, 사과 수를 센다. 어느덧 태비사의 무릎에는 사과가 일곱 알이다. 태비사가 아미라에게서 여덟 번째 사과를 받아 들자, 처음 일곱 알이 모래로 변한다.

"이건 나에게 걸린 마법 같은데요."

태비사가 생각에 잠긴 채 모피에서 사과 모래를 털어 내며 말한다.

"나는 일곱에, 당신은 하나에 묶여 있어요. 당신은 한 번에 사과 하나만 쥘 수 있고, 나는 일곱 알까지 지닐 수 있는 거예요. 재미있지 않아요?"

아미라가 부자연스럽고 모호한 미소를 짓는다. 이제 보니 아미라는 바람에 실려 언덕 아래로 날아가는 모래를 보고 있다.

가을이 호드득호드득 겨울로 접어들고, 유리 언덕을 뒤덮은 서리가 마치 다이아몬드처럼 빛난다. 낮이면 아미라는 갈수록 수가 줄어든 남자들이 유리 언덕을 미끄러져 내려가는 모습을 지켜보고, 태비사는 모피를 두르고 그 옆에 앉아 있다. 밤이면 태비사가 느릿느릿 아미라 주위를 돌면서 유리와 철만 빼고 아무 이야기나 한다. 태비사가 걷는 동안, 아미라는 구두에 갇힌 태비사의 발을 더 자세

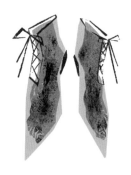

히 살핀다. 뚫어져라 보지는 못하고 늘 곁눈질로.
발목에 묶인 샌들 끈 사이로 두 발이 보인다. 시커
멓고 뒤틀려 망가졌으며, 발가락은 이상한 각도로
구부러졌고, 상처와 피딱지가 가득하다.

어느 날 아침, 아미라는 놀랍도록 따뜻한 기운
을 느끼며 깨어난다. 태비사의 모피가 걸쳐져 있
다. 어찌나 놀랐는지, 태비사를 찾으려고 왕좌에
서 일어날 뻔한다. 태비사가 떠난 걸까? 가 버린 걸
까? ……하지만 아미라가 극단적인 행동을 하기
전에 태비사가 마른 두 팔을 비비고 손가락을 호호
불면서 씩씩하게 시야 안으로 걸어 돌아온다. 아미
라는 경악한다.

"왜 망토를 덮어 준 거야? 다시 가져가!"

"자는 동안 네 입술이 퍼렇게 변하는데, 넌 움직
일 수도 없고……."

"나는 괜찮아, 태비사. 제발……."

아미라의 목소리에 담긴 절박함 때문에 태비사는 주위를 돌다 말고 굳은 듯 멈춰 선다. 마지못해 모피 망토를 받아서 다시 어깨 위에 걸친다.

"사과 때문인지, 언덕 때문인지는 모르겠지만, 마법이 날 춥지 않게 해 줘. 여기, 사과 하나 더 먹어."

태비사는 미심쩍은 얼굴이다.

"하지만 정말 추워 보였는데……."

"아마 네 발과 비슷할 거야."

아미라는 하지 않으려던 말을 해 버린다.

"네 발도 망가진 것처럼 보이지만 여전히 걸을 수 있잖아."

태비사는 아미라를 오래 바라보다가 겨우 사과를 받아 든다.

"실제로도 망가진 느낌이 들어. 하지만……."

태비사는 사과를 보면서 목소리를 낮춘다.

"최근에는 점점 덜 그렇긴 해."

태비사가 사과를 한 입 깨문다. 태비사가 먹는 동안, 아미라는 조심스럽게 말한다.

"네가 떠난 줄 알았어."

태비사는 한쪽 눈썹을 올리고, 사과를 삼키고는 키득거린다.

"겨울에 망토도 없이? 아미라, 널 좋아하긴 하지만……."

그 정도로 좋아하지는 않는다는 말은 입 밖으로 나오지 않는다. 그렇게 말한다면 거짓말이 될 테니까. 태비사는 기침을 한다.

"그건 바보짓이야. 게다가 작별 인사도 없이 네 곁을 떠나지도 않을 거고."

잠시 불확실한 침묵이 내려앉는다.

"그렇지만 혹시 네가 나와 같이 지내는 데 질렸다면……."

"아니."

아미라가 재빨리, 확실하게 말한다.

"아니야."

눈이 쏟아지고, 마지막까지 남았던 구혼자들이 야영지를 버리고 투덜거리며 집으로 향한다. 태비사는 이제 눈에 띌까 두려워하는 일 없이, 낮이고 밤이고 아미라의 왕좌 주위를 돈다.

"저들은 봄까지는 돌아오지 않을 거야."

아미라가 미소 지으며 말한다.

"하지만 봄이면 낮이 길어지니까 늦게까지도 올라오려고 하지. 잃어버린 시간을 메꾸려는 걸까."

태비사는 얼굴을 찌푸리다가, 서로의 거리가 가까워지자 어느새 걸으면서 묻고 만다.

"이 위에서 겨울을 몇 번이나 난 거야?"

아미라는 어깨를 으쓱인다.

"아마도 세 번쯤. 넌 그 구두를 신고 겨울을 몇 번이나 보냈어?"

"이 구두로는 처음이야."

태비사는 멈칫한다.

"하지만 이 구두 전에 세 켤레가 있었지."

"아. 이번이 마지막 구두야?"

태비사는 싱긋 웃는다.

"아니. 다 해서 일곱 켤레야. 그리고 이 구두는 아직 반밖에 닳지 않았어."

아미라는 고개를 끄덕인다.

"아마 봄이 오면 다 닳겠지."

"아마도."

태비사는 말하고 나서 다시 원을 그리며 걷는다.

겨울이 누그러지고, 사방에서 녹아내린 눈의 물
비린내와 젖은 나무 냄새가 난다. 태비사는 유리
언덕 아래까지 내려가서 눈풀꽃을 따다가 아미라
의 검은 머리카락에 땋아 넣는다.

"꼭 별이 앉은 것 같네."

태비사가 중얼거리자, 아미라 안의 무엇인가가
나뭇가지에 앉은 얼음처럼 삐걱이며 부러진다.

"태비사, 이제 곧 봄이야."

"음."

태비사가 까다로운 머리 땋기에 열중한 채 웅얼거린다.

"내가……."

아미라는 깊고 조용하게 심호흡을 한다.

"내가 이야기를 하나 해 주고 싶어."

태비사는 손을 멈췄다가…… 다시 머리를 땋으며 말한다.

"나도 듣고 싶어."

"내가 이야기를 잘하는지는 모르겠지만."

아미라가 손에 쥔 황금 사과를 돌리며 덧붙인다.

"그래도 한번 해 볼게."

옛날 옛날에 부유한 왕이 살았는데, 아들은 없고, 하나 있는 딸은 지나치게 아름다웠어. 너무 아름다운 탓에 남자들이 복도에서 손을 뻗어 건드리거나 방까지 따라갈 수밖에 없었고, 너무 아름다운 탓에 남자들의 입에서 욕망의 말들이 다이아몬드나 두꺼비처럼, 억누를 수도 멈출 수도 없이 굴러떨어졌지. 왕은 그런 남자들을 가엾게 여겨 딸을 한쪽으로 데려가서 말했어.

딸아, 남편을 두어야만 이 남자들에게 걸린 주문을 깰 수가 있다. 남편을 두어야만 이 남자들이 너에게 이토록 달려들지 못하게 막을 수 있어.

왕의 딸이 무도회를 열자고, 이 남자들도 각자 남편을 찾으면 예의를 찾을지도 모르지 않냐고 했지만 왕은 재미있어 하지 않았어. 왕은 말했지.

너는 경비병 누군가가 어찌하지 못하고 네게 덤

벼들기 전에 결혼해야 한다.

왕의 딸은 두려워하며 말했어.

절 멀리 보내실 건가요?

왕은 말했어.

아니다. 그러면 내가 너를 어찌 지켜보겠니?

남편을 원치 않았던 왕의 딸은 말했어.

그러면 아버지께서 이웃 나라 왕자를 골라 주시겠어요?

그럴 수 없다.

왕이 말했어.

너는 내 외동딸이고, 나는 이웃 나라 중에 하나만 편애할 수 없다. 힘의 균형은 불안정하고 복잡하단다.

왕의 딸은 아버지의 눈동자에서 지독한 결론을 읽어 내고는, 그 결단이 입 밖으로 나오지 못하게 막으려고 서둘러 말했어.

저를 아무도 오지 못할 유리 언덕 꼭대기에 두시고, 갑옷을 다 갖추고 그 언덕을 오르는 남자만이 저를 신부로 얻을 수 있다고 하시면 어떨까요?

하지만 그건 불가능한 임무야.

왕은 생각하는 얼굴로 말했어.

그러면 아버지는 왕국을 온전히 유지할 수 있고, 저를 지켜볼 수 있으며, 남자들도 저에게서 안전하겠죠.

왕의 딸이 말했지.

왕의 딸이 말한 대로, 그 의지대로 되었어. 그리고 사라지지 않았다면 그 딸은 아직도 그곳에 살고 있지.

이야기를 마친 아미라는 태비사가 험상궂은 얼굴로 노려보는 데 흠칫 놀란다.

"터무니없네."

태비사가 으르렁거린다.

아미라는 눈을 껌벅인다. 이야기하면서 공감과 이해를 기대했던가 보다.

"응?"

"어떤 아버지가 딸을 쫓아다니는 남자들을 보호하려고 해? 토끼에게서 늑대를 보호하는 꼴이지!"

"난 토끼가 아니야."

아미라가 말하지만, 이미 머리 땋기에서 손을 놓은 태비사는 격분한 채 서성이며 말을 잇는다.

"남자들이 막돼먹고 무례한 게 어째서 네 탓이야? 아미라, 장담하는데 네 머릿결이 지푸라기 같고, 얼굴이 구정물같이 칙칙하다 해도 남자들은,

나쁜 남자들은 여전히 그따위로 굴 거야. 언덕을 오르는 구혼자들이 이 위에 있는 네가 어떻게 생겼는지 알 것 같아?"

아미라는 무슨 말을 해야 할지 몰라 입을 열지 않는다. 왜 한편으로는 사과하고 싶고 다른 한편으로는 변명하고 싶은지 모르겠다.

"넌 네가 이 상황을 택했다고 했지."

태비사가 내뱉듯이 말한다.

"그게 대체 무슨 선택이야? 늑대 먹이 아니면 유리 언덕이라니."

"언덕 위에서는……."

아미라가 굳은 입술로 말한다.

"아무것도 필요하지 않아. 먹을 것도 마실 것도 숨을 곳도 필요 없어. 아무도 날 건드릴 수 없어. 내가 원한 건 그것뿐이야. 아무도 나를 건드리지 못하는 것. 여기 앉아서 사과를 먹으며 꼼짝 않기만 하면, 내가 원하는 건 전부 다 있어."

태비사는 잠시 동안 침묵한다. 그러고는 전보다 부드럽게 말한다.

"난 네가 기러기가 가득한 강을 보고 싶어 하는 줄 알았는데."

아미라는 아무 말도 하지 않는다.

태비사는 여전히 더욱 부드럽게 말한다.

"세상에 무쇠 구두가 내 것만 있는 게 아니야."

여전히 아무 말도 하지 않는다. 아미라의 심장이 삐걱삐걱 돌아간다. 결국 태비사가 한숨을 내쉰다.

"무쇠 구두 이야기를 하나 해 줄게."

옛날 옛날에 어떤 여자가 곰과 사랑에 빠졌어. 그러려던 건 아니었지. 곰이 무시무시하면서도 여자에게 친절했고, 위험하면서도 영리하여 연어를 사냥하고 야생 꿀을 따는 방법을 가르쳐 줬거든. 그리고 오랫동안 외로웠을 따름이야. 여자는 곰이 바라보면 특별한 기분이 들었어. 어떤 여자가 곰의 이빨에 찢기지 않고 사랑받는다고 말할 수 있겠어? 여자는 곰이 다른 누구도 사랑하지 않으면서 여자만 바라봤기 때문에 곰을 사랑했어.

둘은 결혼했고, 밤이면 곰은 인간 남자의 모습으로 어둠 속에서 여자와 침대를 같이 썼어. 처음에 곰은 온화하고 친절했고, 여자는 행복했지. 하지만 시간이 흐르면서 곰이 변하기 시작했어. 여자가 제 몸처럼 속속들이 아는 겉모습이 아니라, 태도가 변했어. 곰은 모질고 질투가 심해져서, 낮이

고 밤이고 곰이 인간 모습이길 바란다고 여자를 비난했어. 곰을 기쁘게 하는 방법을 하나도 모르는 형편없는 아내라고도 했어. 낮이면 가시 돋고 발톱을 세운 언어로 말했고, 밤이면 몸으로 아프게 했어. 견디기 힘든 일이었지만, 어떻게 곰을 사랑하면서 아무 고통도 없을 수 있겠어? 여자는 그저 곰을 즐겁게 해 주려고 더 노력할 뿐이었어.

결혼한 지 일곱 해가 지나, 여자는 남편에게 가족을 만나러 가게 해 달라고 빌었어. 곰은 어머니와 둘만 있지 않는다는 조건으로 보내 줬어. 둘만 있으면 어머니가 여자를 나쁘게 물들여 곰에게 반항하도록 부추길 테니까. 여자는 그러겠다고 약속했지……. 하지만 어머니는 여자의 몸에 남은 자국, 멍과 상처를 보고 서둘러 따로 방에 데리고 들어갔어. 여자는 잠시 약해져 어머니가 남편을 비난

하며 괴물이라고, 악마라고 하는 말에 귀 기울이고 말았어. 어머니는 여자에게 남편을 떠나라고 했어. 하지만 어떻게 그럴 수가 있겠어? 그 모든 일을 겪었어도 곰은 여전히 사랑하는 남편이었는걸. 그저 처음 결혼했을 때로 돌아갔으면 하고 바랄 뿐이었어. 어쩌면 남편은 정말로 저주에 걸렸고, 여자만이 그 저주를 풀 수 있는 건 아닐까?

곰 가죽을 태우거라.

어머니가 말했어.

그게 저주일지 몰라. 네 남편도 실은 늘 인간이고 싶은데, 그런 말을 할 수 없는 건지도 몰라.

돌아가 보니 남편은 그동안 여자가 그리웠던지, 친절하고 상냥하게 대했어. 밤이 되어 남편이 인간의 모습으로 옆에 잠든 사이 여자는 최대한 소리 내지 않고 곰 가죽을 그러모아, 불을 피우고 던져

넣었지.

하지만 곰 가죽은 타지 않았어. 그 대신 비명을
지르기 시작했지.

그 소리에 깨어난 남편은 여자가 약속을 어겼다
면서 격분했어. 여자가 그저 당신을 저주에서 풀어

주고 싶었을 뿐이라며 울자 남편은 곰 가죽을 집어 여자의 어깨에 걸치고, 여자의 발치에 무쇠 구두가 든 가방을 던졌어. 곰이 낮이고 밤이고 변함없는 인간 남자가 되려면 여자가 그 곰 가죽을 걸치고, 결혼 생활 일곱 해에 맞춰 일곱 켤레의 무쇠 구두를 닳아 없애는 수밖에 없다고 했어.

그래서 여자는 길을 떠났어.

아미라는 눈을 크게 뜬 채 눈가가 붉어져 있고, 태비사는 얼굴을 붉히며 남편의 모피에 달라붙은 씨앗을 떼어 낸다.

아미라가 말한다.

"결혼이 무시무시한 줄은 알았지만, 설마 그러리라고는 상상도……."

태비사는 어깨를 으쓱인다.

"전부 다 나빴던 건 아니야. 그리고 내가 약속을 어겼잖아. 어머니를 만나지 않았다면 가죽을 태울 생각도 하지 않았겠지. 곰들에게는 약속이 아주 중요해. 이거, 여기……."

태비사는 몸짓으로 유리 언덕을 가리켰다.

"이거야말로 무시무시하지. 네가 움직이지도 말하지도 못하게 죄수처럼 붙들어 두고……."

"네 남편도 네가 말하지 못하게 하려 했어! 그것

도 네 어머니와!"

"어머니와 말했더니 어떻게 됐는지 봐."

태비사가 딱딱하게 말한다.

"그건 믿음에 대한 시험이었는데, 내가 실패한 거야. 하지만 넌 아무 잘못도 하지 않았잖아."

"그거 재미있네."

아미라가 웃지 않고 말한다.

"나에게는 매일이 시험처럼 느껴지거든. 내가 꼼짝이라도 하진 않을지, 무심코 새에게 손을 뻗지는 않을지, 혹시 어떤 남자에게 사과를 던지진 않을지, 목소리를 크게 내 버리는 건 아닐지……. 그래서 이 언덕에서 떨어져 저들에게 해코지를 당하지 않는 매일매일이 시험에 통과한 날이야."

"이거와는 달라. 그건 끔찍하다고."

"난 차이를 모르겠어!"

"넌 이 언덕을 사랑하지 않잖아!"

"난 너를 사랑해."

아미라가 아주 가만히 말한다.

"너를 사랑해. 그리고 너를 사랑한다는 사람이 왜 널 해치려 하는지, 어째서 네가 무쇠 구두를 신고 걷게 만드는지 이해 못 하겠어."

태비사는 입술을 씹으면서 말을 찾으려 하다가, 찾지 못한다.

"내가 이야기를 전하는 데 서툴렀어."

태비사는 결국 말한다.

"내 입장에서만 말했어. 그이가 얼마나 좋았는지 말하지 않았잖아. 어떻게 날 웃게 했는지, 나에게 뭘 가르쳐 줬는지. 내가 무쇠 구두를 신고도 살아갈 수 있는 건 그이의 가르침 덕분이야. 그이가 독이 든 열매를 가려내는 법과 사냥하는 방법

을 알려 주었지. 그이에게 일어난 일, 그이의 변화
는⋯⋯."

태비사는 무척 피곤한 기분이다.

"분명히 나 때문일 거야. 그이의 저주가 풀릴 때
까지 견뎠어야 하는데, 그러질 못했어. 그래야 말
이 돼."

아미라는 태비사의 엉망이 된 발을 본다.

"정말로 그렇게 믿어?"

아미라는 유리 왕좌에서 등을 곧게 세우고 똑바로 앉아 있기 위해 쏟아붓던 주의력을 모두 기울여서 말한다.

"그 남자들의 관심이 나와는 상관없다고 믿어? 내가 어떻게 생겼어도 똑같이 행동했을 거라고?"

"응."

태비사는 단호하게 대답한다.

"그렇다면……."

이번에는, 그 생각을 입 밖에 내기조차 주저하면서 말한다.

"네 남편의 잔인함도 너와 아무 상관 없을 수 있잖아? 저주 탓이 아닐지도 모르고? 남편이 곰일 때나 인간일 때나 널 아프게 했다면서."

"하지만 내가……"

"일곱 켤레 구두의 절반을 닳아 없앴다면, 이제 다시 남편이 기다리는 곳으로 방향을 바꿔야 하지 않아? 그래야 마지막 구두가 두 사람이 같이 사는 집 근처에서 부서질 테니까?"

흐르는 달빛에 둘 다 얼굴이 푸르스름하게 물들었건만, 아미라는 그 빛 속에서도 태비사의 얼굴이 잿빛이 되는 것을 알아본다.

"내가 어렸을 때……."

태비사는 목 안에 무언가 박힌 듯 잠긴 목소리로 말한다.

"그때 꿈꿨던 결혼은 두 심장 사이에 이어진 황금 실 같은 거였어. 여름날처럼 따스하게 서로를 묶어 주는 리본이랄까. 무쇠 구두라는 족쇄를 꿈꾸진 않았지."

"태비사……."

아미라는 어떻게 해야 할지 모른다. 그저 간절히 말하고 싶고 이해받고 싶은 마음을 담아, 팔을 뻗어 태비사의 손을 잡고, 기러기를 볼 때처럼 바라볼 뿐.

"넌 아무것도 잘못하지 않았어."

태비사가 아미라를 마주 본다.

"너도 마찬가지야."

그들은 오랫동안 그대로 있다가, 일곱 마리 기러기의 날갯짓 소리에 놀라 별들을 올려다본다.

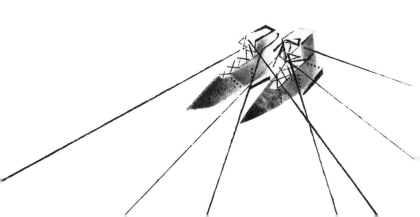

낮과 밤이 갈수록 따뜻해진다. 머리 위로 날아가는 기러기가 점점 늘어난다. 어느 날 아침 태비사는 아미라 주위로 원을 그리며 걷다가 비틀거리더니 아미라의 품에 쓰러진다.

"괜찮아?"

아미라가 갑자기 휘청거리며 왕좌를 붙잡고 고개를 흔드는 태비사를 보며 속삭인다.

"구두 때문이야."

태비사는 감격에 차 말한다.

"구두가 끝났어. 네 켤레째가. 아미라."

태비사가 웃음을 터뜨리고, 울음에 가까운 그 소리에 놀란다.

"구두가 다 닳았어."

아미라는 미소를 지으며 몸을 숙여 태비사의 이마에 입을 맞춘다.

"축하해."

아미라가 중얼거리고, 태비사는 그 속에 훨씬 많은 말이 담겼음을 안다. 태비사가 흔들리는 몸으로 배낭에 든 다음 구두를 향해 떨리는 손을 뻗는다.

"잠깐만."

아미라가 조용히 말하자, 태비사는 멈칫한다.

"기다려 봐. 제발. 그러지……."

아미라는 입술을 깨물며 시선을 돌린다.

"그러지 않아도 돼. 이제 그냥 여기 있어도……."

태비사는 무슨 말인지 이해하고, 뻗었던 팔을 거두어 아미라의 손을 잡는다.

"여기에 영원히 있을 수는 없어. 구혼자들이 돌아오기 전에 떠나야 해."

아미라는 깊은 숨을 들이마신다.

"알아."

"하지만 나도 한 가지 생각한 게 있어."

"응?"

아미라가 부드럽게 미소짓는다.

"결국엔 나와 결혼하고 싶어졌어?"

"그래."

놀란 아미라는 그대로 수정 조각상이 되어 버릴 것 같다.

태비사는 말을 하는데, 아미라는 거의 이해하지 못한다. 태비사의 말들이 유리 언덕에 내려앉은 모래처럼 미끄러져 떨어진다. 무엇이든, 태비사가 저 철제 감옥에 발을 다시 집어넣지 않게 할 수 있다면 무엇이든 할 텐데…….

　"그러니까, 남편처럼은 아니지만, 널 여기에서 데리고 가고 싶어. 너만 원한다면. 구혼자들이 돌아오기 전에 말이야. 내가 그래도 될까?"

　아미라는 손에 든 황금 사과를 본다.

　"모르겠어……. 그러면 우리 어디로 가지?"

　"어디든! 이 구두를 신으면 어디든, 무엇이든 걸을 수 있어……."

　"네 남편에게 돌아가?"

　태비사의 얼굴에 먹구름이 스친다.

　"아니. 거기로는 안 가."

아미라가 고개를 든다.

"우리가 결혼하는 거라면 선물을 교환하자. 그 모피와 구두는 내게 주는 선물로 두고 가."

"하지만……."

"난 그게 너에게 어떤 대가를 물리는지 알아. 네가 치러야 할 값이 너의 고통이라면 허공을 걷고 싶지도 어둠 위를 걷고 싶지도 않아."

"아미라."

태비사는 무력하게 말한다.

"이젠 내가 이 신발 없이 걸을 수나 있는지 모르겠어."

"시도는 해 봤어? 오랫동안 황금 사과를 먹고 지냈잖아. 그리고 이젠 나에게 기댈 수 있어."

"하지만…… 쓸모가 있을지도 모르는데……."

"유리 언덕도 그동안 나에게 무척 쓸모 있었어."

아미라는 조용히 말한다.

"황금 사과는 날 따뜻하고 안전하고 배부르게 해 줬지. 하지만 난 두고 갈 거야. 너를 따라 숲에 들어가고 들판을 가로지를 거야. 배가 고프고 춥고 발이 아프겠지. 하지만 태비사, 네가 함께한다면 난 사냥하고 낚시하고 독이 든 열매를 가려내는 방법을 배울 거야. 그리고 강이 기러기 치마를 들어 올리는 모습을 보고, 기러기 떼가 내는 천둥 같은 소리를 들을 거야. 내가 그렇게 할 수 있다고 믿어?"

"그래."

태비사는 목이 메어 말한다.

"그래, 널 믿어."

"난 네가 무쇠 구두 없이 걸을 수 있다고 믿어. 구두는 여기에 두고 가……. 그 대신 내 비단신을 너에게 줄게. 그리고 네 배낭에 황금 사과 일곱 개를 채우자. 아껴 먹으면 더 나은 신발을 찾을 때까지 걷게 도와줄지도 몰라."

"하지만 구두 없이 언덕을 내려갈 순 없어!"

"그럴 필요 없어."

아미라는 태비사의 머리카락을 쓰다듬으며 미소 짓는다.

"떨어지기는 쉬워. 가만히 있기가 어렵지."

한동안은 둘 다 아무 말도 하지 않는다. 그러다 태비사가, 이제는 유리 언덕이 발에 미끄럽다 보니 조심조심 모피 망토를 벗고, 발에 묶인 철 구두끈을 풀어 배낭까지 전부 아미라에게 건넨다. 아미라는 남은 세 켤레 구두를 꺼내 그 자리에 사과를 채우고, 일곱 번째 사과까지 넣은 후 배낭끈을 꽉 조인다. 아미라가 배낭을 다시 건네자 태비사가 짊어진다.

　그리고, 아미라는 태비사의 두 손을 잡고 심호
흡을 한 후에 일어선다.

유리 왕좌에 금이 간다. 세찬 빗소리 같기도 하고 거대한 속삭임 같기도 한 소리가 울려퍼지며 유리 언덕이 모래로 변해 산산이 부서진다. 모래가 모피와 무쇠 구두를 삼키고, 아미라와 타비타를 삼킨다. 무너져 내린 모래는 마지막으로 슷 소리를 내며 둥그런 언덕이 된다.

아미라와 태비사는 여전히 손을 꼭 마주 잡은 채로 모래 언덕에서 굴러 나온다. 기침을 하고, 웃음을 터뜨리고, 머리와 피부에 묻은 모래를 털어낸다. 두 사람은 일어서서 기다리지만, 맞잡은 손을 갈라 놓을 황금 사과는 나타나지 않는다.

"어디로 갈까?"

한 명이 다른 하나에게 속삭인다.

"멀리."

하나가 대답하고, 두 사람은 서로를 꼭 잡은 채

비틀비틀 봄 속으로 걸어 들어간다.
새벽과 함께 드넓은 세상이 일어나
둘을 맞이한다.

옮긴이의 말

이수현

아직도 이야기에는 힘이 있다고 믿습니다.
서로에게 관대하고, 스스로를 좋아하는 사람이
늘었으면 합니다.

아말 엘모타르

여러분이 서로의 이야기를 알아보고,

각자가 이 세상에서 보고픈 이야기를 할 수 있도록

서로 도울 줄 알게 됐으면 좋겠습니다.

사진 ⓒAinslie Coghill

| 소설의
| 첫 만남 **23**

유리와 철의 계절

초판 1쇄 발행 | 2021년 7월 15일
초판 3쇄 발행 | 2023년 2월 8일

지은이 | 아말 엘모타르
옮긴이 | 이수현
그린이 | 김유
펴낸이 | 강일우
책임편집 | 김도연
펴낸곳 | (주)창비
등록 | 1986년 8월 5일 제85호
주소 | 10881 경기도 파주시 회동길 184
전화 | 031-955-3333
팩시밀리 | 영업 031-955-3399 편집 031-955-3400
홈페이지 | www.changbi.com
전자우편 | ya@changbi.com

한국어판 ⓒ (주)창비 2021
ISBN 978-89-364-5949-9 44840
ISBN 978-89-364-5966-6 (세트)